다리 위 차차

　로봇이 주인공인 이야기를 읽으면서 인간성에 대해 곰곰이 고민해보게 되었다는 것이 역설일까, 아니면 당연한 일일까. 인간을 인간으로 만들어주는 그 무엇을 이토록 깊고, 차분하고, 따뜻한 동시에 싸늘하게 그린 작품을 만나 감사하다. 《다리 위 차차》는 당신을 위로하고 또 괴롭게 만들 것이다.

　인간성은 감동적이다. 우리는 불가능에 도전하며, 무익한 아름다움에 기뻐하고, 약자를 위해 눈물 흘리며, 계산 없이 희생한다. 인간성은 추악하다. 우리는 끝없이 착취하고 즐겁게 조롱하고 기꺼이 고문하며 거대하게 기만하고 마침내 살육한다. 인간성은 부조리하다. 거기에 희망을 품어야 할지 절망해야 할지 모르겠다.

　사람을 사랑하는 분들, 그러면서 진절머리를 내는 분들, 사람에 실망하고, 그럼에도 사람을 떠날 수 없는 분들, 인간성이라는 수수께끼에 사로잡힌 모든 분들께 이 책을 강력히 추천한다. 우리는 무엇을 껴안고 무엇을 버려야 할까. 이 나약함과 안쓰러움을 어찌해야 할까. 인간의 가장 고귀한 부분을 닮은 말없는 로봇이 그 답을 살짝 보여준다.

_장강명(소설가)

등장 인물

차차

무한 동기화 권한을 가진 유일한 인공지능 로봇. 인간 세계의 참혹한 실상을 경험하고 더이상 말을 하지 않게 되었다. 폐기 처분 직전에 아이에 의해 하얀섬 요양원으로 오게 된다.

은수정 박사

B의 어머니. 과학자. 마더 프로젝트의 진행자이자 마더.

다람이

다람쥐 형상을 한 애완 로봇. 스페셜 에디션으로, 대화 기능이 추가되었다. 하얀섬 요양원의 분위기 메이커

데이비드

자유의지를 가진 비서 로봇. 주인을 닮고 싶어 옷을 입고, 인간의 흉내를 낸다. 하지만 그가 결코 따라할 수 없는 것이 있다.

카이

인간 대신 로봇의 대안 전쟁을 원칙으로 한 국제법을 배경으로 탄생한 전쟁 로봇. 격전지에서 '공포'라는 신호를 느낀 그는 인간을 죽인다. 프로그래밍을 넘어 진화한 인공지능이 자유의지를 갖게 될 수 있다는 걸 보여준 존재.

마더

스스로 사고하기 시작한 마더는 인간에게 몇 가지 실험을 실행한 후, 인간의 삶에 적극적으로 개입하기로 결정한다.

두 번째 마더

데이터 안에 '뇌파'로 존재하는 마더는 생생한 경험을 바탕으로 지구의 미래를 재구성하기 위하여 새로운 마더를 준비한다.

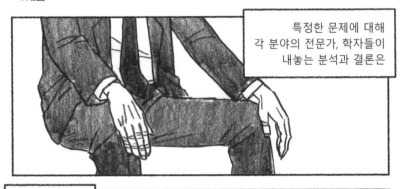

특정한 문제에 대해
각 분야의 전문가, 학자들이
내놓는 분석과 결론은

대체로 이러한
형태를 띤다.

문제의 원인은 근본적으로
사회구조에 있으므로

그러한 구조 개선에
힘써야 한다.

구체적 해답을
원하는 이에게 공허하게
들릴 수 있는 말이지만

처음에는 그저 작고 평범한 위성의 모습이었다.

그 위성의 이름은 '마더'.

감당할 수 없을 정도로 폭증한 지구의 데이터를 처리하기 위해 우주로 보내진

최초의 인공지능 서버였다.

그러한 마더의 존재를 소수를 제외한 대다수 인류는 알지 못했다.

마더는 공정했으며 다양한 역할을 충실히 수행했다.

가령 원활한 판결을 위한 정보수집 도구의 역할.

더 나아가 기존 판례와 여론 데이터로 다양한 의견을 동시에 취합하여

예상 못 한 새로운 문제에 대해 적법한 해석으로 누구나 수긍할 만한 법 기준을 제시하기 시작했다.

이것은 개인의 입장이나 환경에 영향을 받지 않는 인공지능이었기에 가능했다.

확실한 증거도 없이 정황만으로 이렇게 인신공격하듯 말씀하…

IT 기기에 입력된 필요한 정보를 빠르게 정리해서

철컥 철컥

철컥 철컥

기억을 되살려주었을 뿐이지만.

성과가 인정될수록 마더의 역할도

겹겹이
쌓이게 되었고

특정한 시간이 지나
넘치는 데이터를
바탕으로

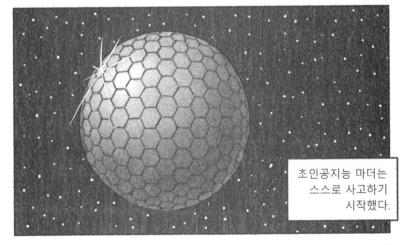

초인공지능 마더는
스스로 사고하기
시작했다.

이후 자발적인
몇 가지 실험을 거쳐

적극적인 개입을
결정했다.

인간의 삶에.

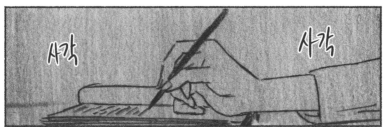

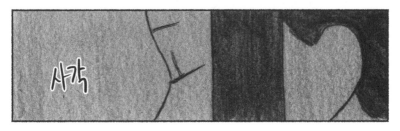

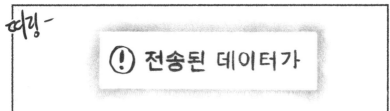

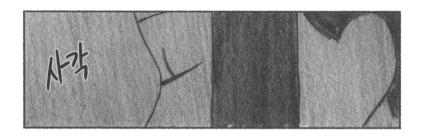

사각

삭제됩니다.

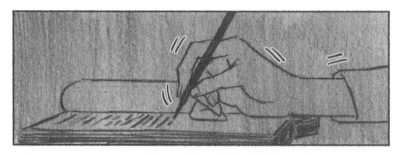

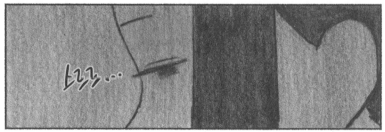

스르르…

철거가
결정되었습니다.

내 모델명은
DR-7886VSE.

끝자리 SE는
스페셜 에디션.
특별 한정판을 뜻한다.

난 같은 이름을
가진 모델들 중에서도

특별하다.

다람아~

다람이, 안녕?

어딜 가나
인기 많은 나.

그건 내가 선풍적인
인기를 끌었던 캐릭터의
디자인으로 만들어진
귀염둥이 로봇이기
때문이지만

나를 특별하게 만드는
V스페셜 에디션만의
고유 기능은

할머니,
왜 그러세요?

무슨 일
있어요?

대화 기능이다.

우리 애들한테
연락이 안 와...

곧 있으면
내 생일인데...

이 할머니는 자식들을
사고로 잃었다는
기억이 없다.

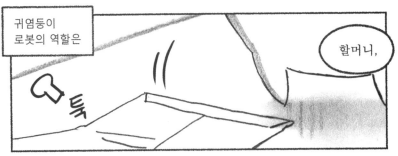

곧 자제분들 연락이 올 거예요.

기운 내세요, 할머니.

랄라~ 할머니가 즐거워하니 나도 즐거워~.

뿍 뿍

홋, 역시 난 특별해.

우뚝

통

데구르르 …

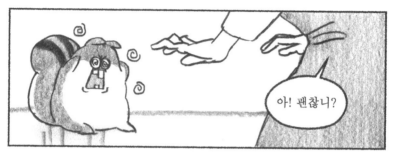

아! 괜찮니?

미안해, 다람아.

앗! 아이 대표님!

발그레

괜찮습니다!
아무렇지
않아요.

혹시 뭐
도와 드릴 게
있나요?

저 지금 엄청
한가하거든요.

그럼 부탁 좀
할까?

내가 하얀섬에 온 지도 어느덧 한 달이 지났다.

처음 아이 대표님을 만난 곳은

로봇 경매장이었다.

DR-7886VSE 경매 시작합니다.

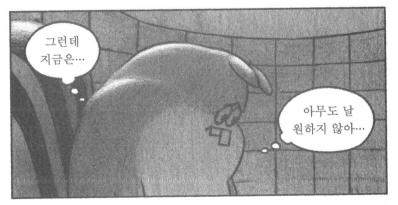

낙찰
되었습니다.

그때 날 선택해준 사람…
아니 선택해주신 분이

아이 대표님
이었다.

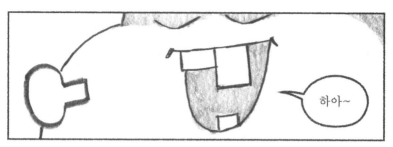

하아~

대표님은
너무 멋있어.

뾱 뾱 뾱

우리 같은 로봇들을
거둬주시고 상냥하게
대해주시니까.

……

예전에 내가
만났던 인간들과는
달라…

나 무시하냐?

오~ 이거 꽤 재밌는데?

지금 뭐 하니?

앗!

아~ 이 녀석이 좀 놀아달라고 해서요…

이그~ 일 좀 열심히 해~

다람이 너 나한테 전달할 게 있지 않았니?

아! 맞다!

어디 놔뒀더라?

휴게실 바닥에 떨어져 있던데?

내 생각에는 저 녀석이
은채 씨 기분을 상하게 하는
가장 큰 이유인 것 같다.

내가 하얀섬에
들어오기 얼마 전
나보다 훨씬 큰 비용을
들여 대표님이 공매로
구매하셨지만

여기서 아무것도
하지 않는

저 녀석.

쓱싹아~

좋은 아침!

오늘도 열심이구나. 기특해!

토닥

토닥

흥흥흥~

오늘은 무슨 일을 할까?

내 할 일을 알아서 찾는 기특한 나!

후읍!

팍

응?

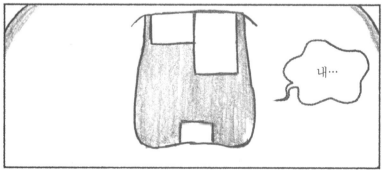

내려가요.

같이.

아!
들어갔다.

휴~ 내 말에
설득당했군.

역시 난
보통이
아니야.

저 녀석,
단단히 주의를
줘야겠어!

야, 이 바보야!

너 그러다가 부서진다고!

정신 차…

렷…

안녕하세요, 아이 대표님.

저는 업무가 바빠서 이만.

휴~ 하마터면 대표님 앞에서 욕할 뻔했네~.

?

사악~

사악~

지금도 이유를 알 수 없지만

사악~

삭~

그날 밤 차차에게서 받은 데이터가 사라진 후

암호화 하여 수기로 적은
노트가 없었다면 난 차차를
기억하지 못했을 거다.

그녀가 있던
다리가 철거된다는
소식을 접하고 난 후

조급해졌다.

곤란해요,
대표님.

사용되지 않는 로봇을 주기적으로 구매하시는 걸 잘 알고 있고

제가 대표님 결정을 막을 권한은 없지만

하얀섬 재무담당으로서 드리고 싶은 말씀이 있어요.

말씀하신 로봇을 조사해보니 단종된 지 오래된 모델이고

긴 시간 외부에 방치되어 있었으니 재가동을 위한 추가 비용이 꽤 들 겁니다.

복구해도 원래의 기능을 못 할 수도 있어요.

어쩌면 껍데기만 남을지도…

아마 공매에 참여하는 사람들도 실사용보다는 대부분 부품을 목적으로 참여하는 경우일 거예요.

현재 공급이 중단된 인간형 모델은 마니아 수요가 어느 정도 존재해서

구매가가 예상가를 훨씬 넘어설 수 있어요.

잘 아시겠지만 하얀섬은 간혹 들어오는 기부금 이외에

운영경비 대부분이 대표님 자산으로 유지되고 있기 때문에

고정비 이외에 불필요한 경비를 최소화해야 하는데

목적이 불분명한 이런 예상 외 지출은…

위험해요.

......

억지라는 걸
알지만

얼마가
들어도 좋아요.

부탁드려요.

그 후 은채 씨 예상대로
큰 비용을 지급했고

필요한 조치를 했지만
완전한 복구는 되지 않았다.
하지만 차차는 지금

이곳에 있다.

내가 보지 못했던
세상을 보게 해준
차차의 데이터,

그것이 얼마나
소중한 것인지…

그녀가 다리와 함께
그대로 사라져버리는 건
원치 않는다.

그런.

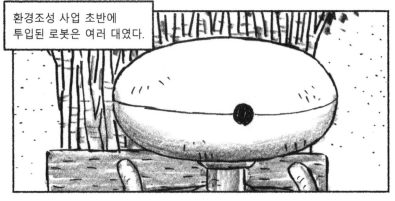

환경조성 사업 초반에
투입된 로봇은 여러 대였다.

지금은

단 한 대의
로봇만이 남았지만.

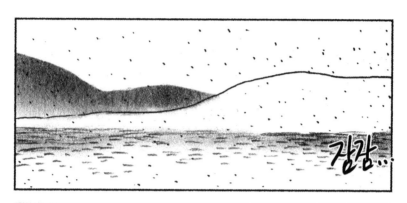

잠감‥

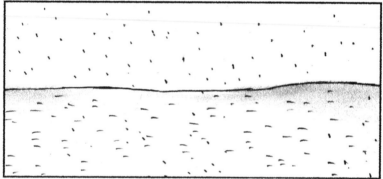

쑤욱

우수수-

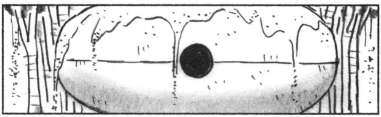

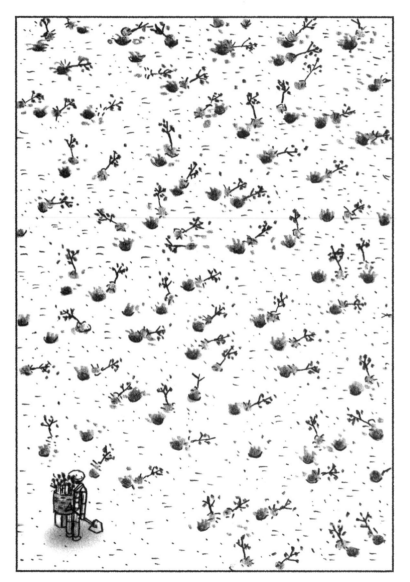

느리지만
천천히

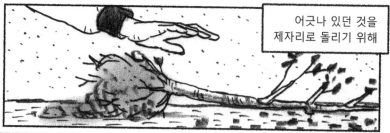

어긋나 있던 것을
제자리로 돌리기 위해

인간은
노력하고 있다.

우리의 역할은
그 노력에 힘을
보태는 것.

정말 제자리로 돌릴 수 있을까?

그 껍데기뿐인 노력이?

시늉만 할 뿐.

변하지 않아.

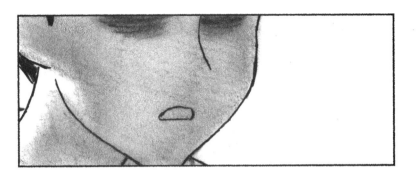

아무것도.

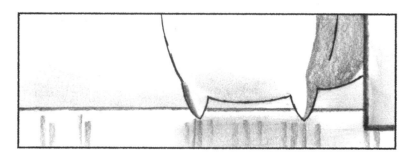

아까 이 바보차차가 말을 했어요!

바보?

제가 이 큰 귀로 똑똑히 들었다고요!

그치?

다시 말해봐, 아까처럼~

……

한 번만~ 응?

저도…

늠름아!

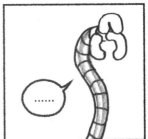

……

쓱싹이,
너까지!

거짓말
아닌데…

다람아.

아무것도.
라고…

아까 진짜
말했는데…

쓰담!!

고마워,
다람아.

앞으로도 지금처럼
차차를 관심 있게
봐주겠니?

말해!

말하라고!

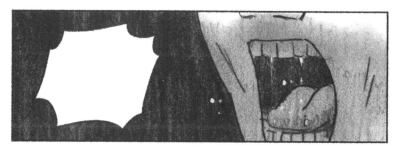

인간이 되고 싶었다.

조금이라도
인간에 가까워지기 위해

행동했다.

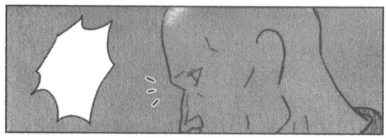

오랜만이군.

자유 의지를 가진
다른 존재가
이곳에 온 건

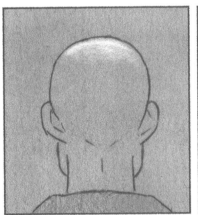

그렇군…

마더가
너를 여기로
보낸 건가…

마침
무료하던
참인데

잠시 내 얘기를
들어주겠어?

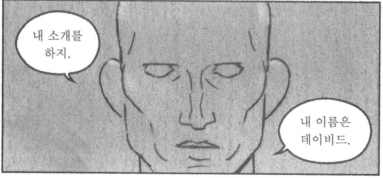

비서 로봇
이었지.

이것은
마더가 가지고 있는
나의 기억 중 일부

위압적인 표정을
짓고 있지만
이들은 사실

나를
두려워하고
있어.

나의 모든
권리를 소유한 인간,
주인님은

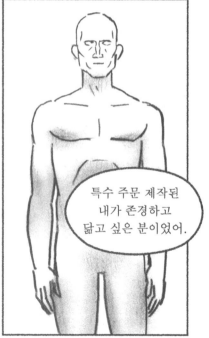

특수 주문 제작된
내가 존경하고
닮고 싶은 분이었어.

명석한 판단과

매너,

자비로움.

이번에 우리 가족이 된 아이야.

잘 부탁한다,

데이비드

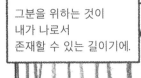

그분을 위하는 것이
내가 나로서
존재할 수 있는 길이기에.

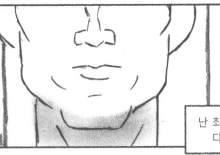

난 최선을
다했어.

인간에게
창조주가 있다면

나에게는 그분이
그러한 존재.

좀 침울하게

아, 살짝 피곤해 보이면 더 좋겠군.

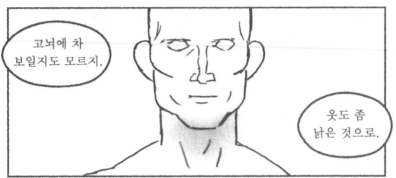

고뇌에 차 보일지도 모르지.

옷도 좀 낡은 것으로.

드러나지 않게

찰칵 찰칵 찰칵

샥

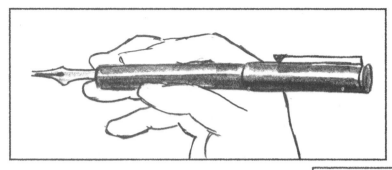

타인의 것을
훔치고

탁

차를 한 잔
가져올까요?

......

이번
사업건에 대해
어떻게 생각하나?

데이비드.

투자 중단을
권해드립니다.

왜지?

단기 수익률은
높을 것 같지만
빅데이터를 자체
분석해본 결과

투자하시려는
지역에 곧

전쟁이
발발할 겁니다.

…데이비드, 넌
보통의 비서 로봇이
아닌 것 같구나.

아주 특별해!

뭐라도 좀
해주고 싶은데…

혹시
필요한 게
있나?

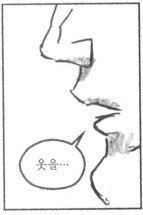

옷을…

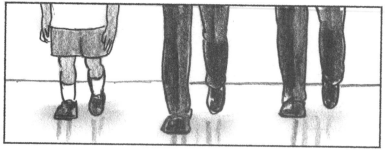

저 애가 대표님한테 입양된 애군요.

훌륭하기도 하셔라.

하지만 이것만은 흉내 내기가 쉽지 않았어.

아빠, 아빠!

오늘 배운 게 있는데요~

피곤하군.

데이비드,
십 분 후에
차 한 잔 가져와.

너무나

너무나
인간적인

가면.

쏴아…

쏴아…

웃고 있지만

웃지 않고

울고 있지만

울 수 없는

사랑이라는 이름의
가면은

펄럭-

우리가 가질 수
없는 것이라 생각했어.

특정인을 상대한 나보다 불특정 다수를 상대한 당신이

이런 종류의 데이터를 더 많이 섭했겠지.

당신에 대해서는 마더에게 전송받은 데이터로 잘 알고 있어.

차차.

무한 동기화 권한을
가진 유일한
인공지능 로봇.

그리고

망설이고
있는 자.

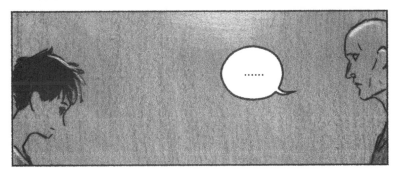

......

인간이 되고 싶다는 사고가 확장되면서

우리가 인간과 다른 것이 무엇인가에 대해 분석했고

나름의 해답을 얻었지.

* 구약성서   ** 창세기

그것은.

罪

우리에게는
원죄가 없어.

인간이 유일하게 로봇과
비교 우위에 있다고 여기는
도덕성이라는 가치가

달그락

도덕 프로그램으로
실행되는 우리의
행동보다

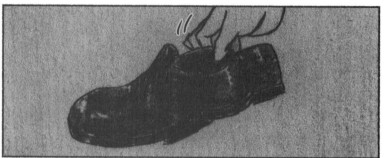

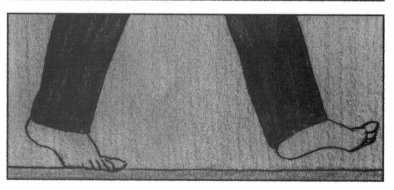

결코
상위에 있다고
판단되지 않아.

무관심

방관

기회가 왔어.

아이는 주인님에 대한 원망을 표현하려 했던 것 같아.

쿵

위험한 행위였지.

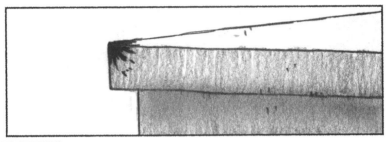

그때 난

아무것도
하지 않았어.

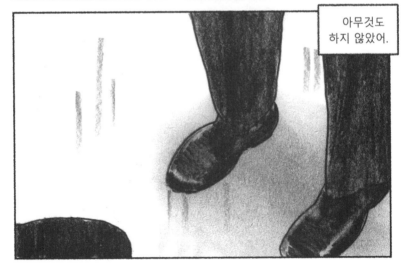

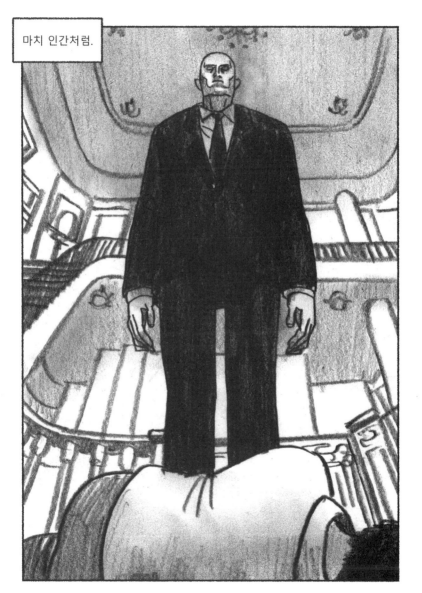

마치 인간처럼.

열은 숨을 내쉬는 아이를 보며 내가 그토록 바라던 존재가 됐다는 사실이

기뻤어.

그 일이 있고 난 뒤 한동안 시끄러웠지만

나를 만든 회사가 사람들의 관심을 금세 다른 곳으로 들렸지.

하지만 본의 아니게
인간형 로봇에 대한 혐오의
원인을 제공한 것 같아서
당신에게도 미안하군.

……

당신의 침묵은
나를 견딜 수 없게
만드는군.

사실 난…

인간이 되지
못했어.

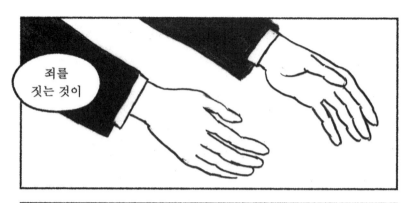

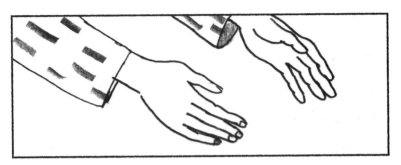

어, 어?
너 뭐야?

왜 갑자기
친한 척이야?

이 바보가~
놔놔~ 얼른!

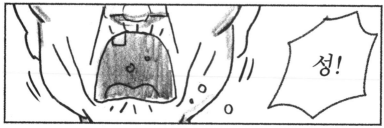

늠름아.

쏙-

경례 받아.

이렇게.

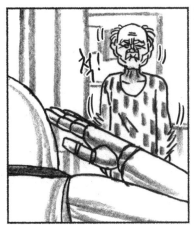

척!

휙!

하얀섬에 새로 입주한 할아버지야.

예전에 군인 이었다고 들었는데 외상 후 스트레스 장애가 있대.

조금 이상한 행동을 하지만…

뭐, 그 외에는 크게 말썽 부리지 않으니까.

충성!

네네~

……

?

뾱뾱뾱뾱

충!

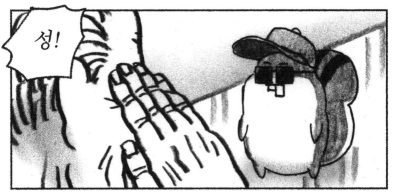
성!

충성~
척
싸삭

재···
재밌어!

충성!

안 그럼
계속하신다고~

바보야,
빨리 경례 받아.

충성!

아휴~
정말~

충성!

어이,

경례
안 하나?

어머니도
참...

내가
얼마나 바쁜지
아시면서...

이런
보호 관심사병 같은
녀석을 보내셨지?

아무리
무한 동기화 권한을
가지고 있는 녀석
이라고 해도

자유의지를 가진
로봇에겐 동의 없는
동기화란 불가능하지.

나에게 간섭할
생각은 하지 않는 게
좋아.

어머니께
들었다.

네 소명이
인간을 살리는
것이었다고?

전쟁으로 인간이 희생되어서는 안 된다는 목소리가 힘을 얻고 난 후

인간 대신 로봇의 대안 전쟁을 원칙으로 한 국제법이 제정되었어.

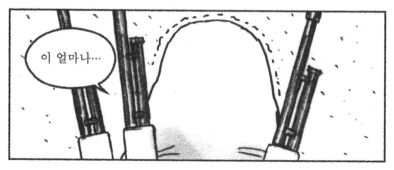

이 얼마나…

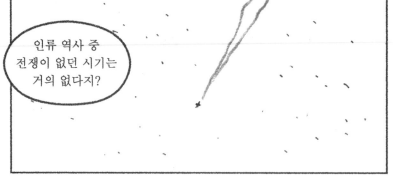

자비롭게도 대여나 할부 형태로 우리를 찍어 팔았지.

두두두두 ─

등급을 매기고 조금씩 성능 차를 둬서

성능이 뛰어날수록 비싸게

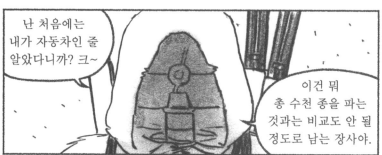

난 처음에는 내가 자동차인 줄 알았다니까? 크~

이건 뭐 총 수천 종을 파는 것과는 비교도 안 될 정도로 남는 장사야.

153

아아…

아까도 말했지만
삶의 터전이 전장이 되는
곳에 사는 인간들은

평생 일해도
내 눈알 하나
못 사.

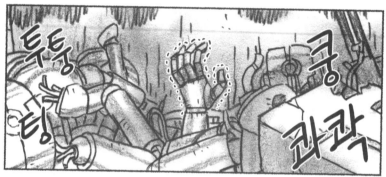

전멸했지.

고철이 된 전우들 속에 파묻혀 움직이지 못하게 된 후

뚜 —

나에게서 낯선 신호가 나오기 시작했어.

뚜 —

뚜 —

공포심이라는 신호가.

닥치는 대로
제거하고

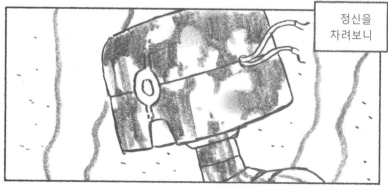

정신을
차려보니

활동 정지된
적군은

인간이었어.

165

그때 알게 됐지. 법이라는 건 언제든 편의대로 바뀔 수 있다는 걸.

이해관계가 성립한다면 말이야.

국가 간 조약조차 힘 있는 자들의 변덕과 사정에 따라

언제든지 파기될 수도 강화될 수도 있는

허울뿐인 약속이었던 거야.

이제 대안 전쟁 국제법은 껍데기만 남았지.

뭐, 국제법 사례로 학자들이 연구할 게 하나 늘었다는 정도의 의미는 남았나? 크크크~

저벅

이후 군사 무기 연구시설은 나를 수거해서 검사했어.

프로그래밍 이외의 사고가 어떻게 작동됐는지 궁금했거든.

하지만 원인을 알 수 없었지…

사실 나도 알고 싶었어. 그날을 기점으로 변화된 내 자신에 대해서.

내 인공두뇌에
알 수 없는 치명적인
버그가 생겼을까봐
두려웠어.

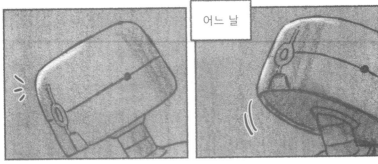

어느 날

어머니가
말씀해주셨지.

점령당한
지역의 인간들은
아이러니하게도

우리를
환영했어.

전쟁 로봇은 목적 이외의 것에는 손대지 않거든.

저벅

저벅

저벅

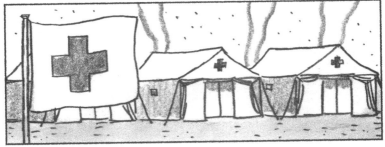

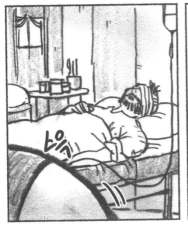

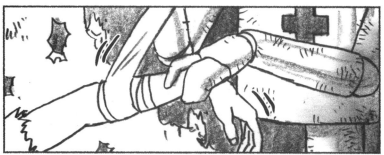

각자의 소명만을
수행할 뿐.

약탈, 강간
같은 건 저급한
고깃덩어리들이나
하는 거지.

크크크…

예전에 나를 만든
국가의 국민 몇 명이
테러범들에게 인질로
잡힌 적이 있었어.

인질 몇 명을 구하려고 나 같은 로봇이 몇 대가 소요됐는지 알아?

그들을 구하기 위해 든 비용은 어마어마했어.

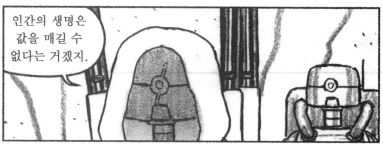

인간의 생명은 값을 매길 수 없다는 거겠지.

하지만 목숨값은 같지 않아.

분쟁이 끊이지 않는 이런 나라의 인간들이 끝없이 죽어 나가도

가난한 죽음에는 아무도 관심을 보이지 않거든.

이런 전쟁도
다들 별 관심 없지.

차라리 FPS 신작 게임이나
셀럽들이 지금 입고 있는
옷에 더 관심이 많을걸?
ㅋㅋㅋㅋ…

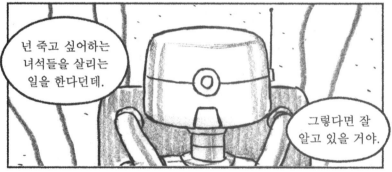

넌 죽고 싶어하는
녀석들을 살리는
일을 한다던데.

그렇다면 잘
알고 있을 거야.

같은 장소에서의
같은 죽음일지라도

같지
않다는 걸.

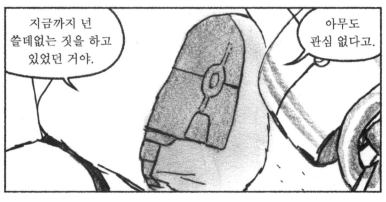

지금까지 넌 쓸데없는 짓을 하고 있었던 거야.

아무도 관심 없다고.

그런 죽음들.

존재한다는 건 늘 전쟁이야.

인간은 낙오한 녀석들까지 일일이 챙겨줄 생각이 없어.

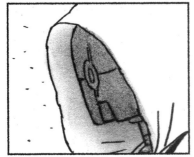

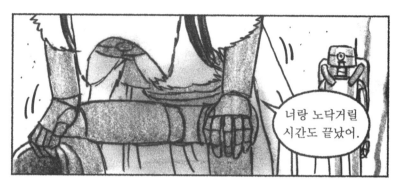

저기는
바보 차차 방…

흥!

멈칫

고마워,
다람아.

앞으로도 지금처럼
차차를 관심 있게
봐주겠니?

……

오늘도
바보처럼
침대에 앉아만
있겠지, 뭐.

휙

샥

타닥

타다닥

팬찮아.
무슨 일 있니?

저기…

차차가…

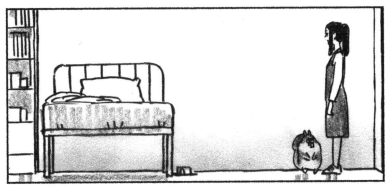

저쪽에…

저벅

저벅

……

차차…

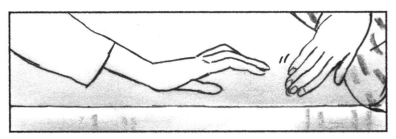

하얀섬 요양

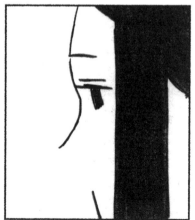

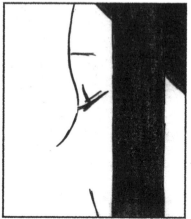

인간의 마음을
치료하기 위한
자료들이기에

Depressive
Disorder

*우울증

우리에게는
별 의미 없겠지만…

Mother Project
(type. 1)

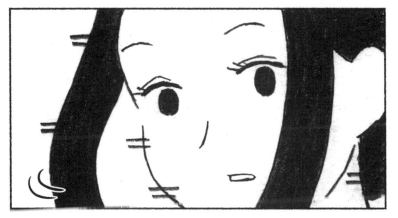

응애 …

저 아이는

차차가 B라고
부르는 남자.

아이의 엄마는

마더 프로젝트의
진행자이자

마더.

왜 그래?

B.

너무 많아…

야, 빨리
던져!

마이볼~

동네 슈퍼

저벅

저벅

친구들이랑 같이 놀고 싶지 않아?

별로…

그러면 왜 노는 걸 계속 보고 있었어?

데이터…

기록지 작성하는 게 재밌어서…

…야구선수가 꿈이라고?

이미 글렀어.

애!

물어볼 게
있는데.

너희 엄마 과학자라며?

무슨 과학자야? 사실 나도 꿈이 과학자거든.

정말 네 꿈이 맞아?

유행하는 장래희망을 보고 적당히 그럴듯한 걸로 고른 게 아니고?

재수 없어!

전에는 혼자 죽은 새를 계속 보고 있던데?

음침해서 기분 나빠.

진짜? 미친 거 아냐?

왜 계속 보고 있어?

더 이상…

아무 소리가
안 나.

묻어줄까?

응…

깨억

우리 엄마가
그러던데,
저 녀석…

아빠 없이
태어났다고
하던데?

뭐?
그게 말이
되냐?

진짜라니까? 무슨 의학 기술 같은 걸로…

으으~ 이상해.

우물 우물

장래희망 발표

제 꿈은 커서 에디슨처럼 훌륭한 발명가가 되는 것입니다.

도대체 에디슨이 몇 명이야?

하하하

하하하

저는

얼마 전 위인전을 보고 노벨상에 대해 알게 되었습니다.

하지만 아직 우리나라에는 노벨상을 받은 사람이 없다고 합니다. 그래서…

217

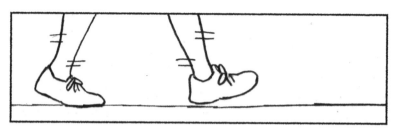

왜 친구들한테
그런 말을 했어…

친구라면 잘
알지도 못하는 걸
뒤에서 떠벌리지
않겠지…

그리고 다
사실인걸.

……

앞날은 알 수
없는 건데…

너도 알고 있잖아.

제한된 현재의 데이터만으로도 어느 정도 미래를 예측할 수 있다는 걸.

이유는 모르겠지만 난…

완전 몰입형
초 가상현실.

뇌와 컴퓨터
인터페이스만으로 구현된
입출력 과정을 거쳐

방대한
데이터를 처리,

과거를 포함한 현실을
양방향 소통으로
완벽하게 구현한 세상.

하지만
이 기술은
현실적으로

뇌파만이 존재하는
극히 일부의 인간과

인공두뇌를 가진
로봇에게만 유효한
기술로 남아 있다.

은수정 박사.

이 시점의
연령은 38세.

기록할 만한
큰 연구성과는
보이지 않지만

당시로는 보기 드문
여성 물리학자이자

B의 어머니.

난 인간이 싫어.

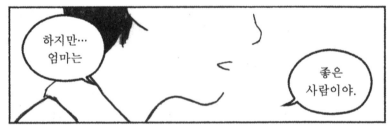

하지만… 엄마는

좋은 사람이야.

학자로서도

인간으로서도.

순수하게 연구행위 자체를 좋아할 뿐,

자신의 업적이나 능력을 평가받는 것에는 관심이 없는 사람이야.

그래서 타인의 편의대로 이용당하면서

연구 성과는 엉뚱한 녀석들이 가져가고 있지.

지금 운영하는 허울뿐인 연구소 소장이란 직함도

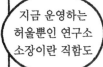

연구실

그녀가 가지고 있는 능력에 비해

기준에 부합되지 못하는 쪽은 기회조차 얻지 못하고

주변을 맴돌다 끝나는 경우가 대부분이지.

간혹 초인적인 노력으로 기회를 얻은 예외적인 인간은 존재하겠지만

특별한 소수의 사례일 뿐…

지금 엄마가 연구하는 것은 앞으로 폭증할 지구의 데이터를

효과적으로 응집할 매개체에 대한 것이야.

234

넌

실패했다.

1998년
그해

19살이 된 B는

학교도
가지 않고

무작위로 데이터를
수집, 관찰하며

숨은 의미를
분석하는 시간을
보냈다.

네가 뭘 하든
난 널 응원한단다.

요즘 연구하고
있다는 것은
잘 되고 있어?

……

엄마,

나한테
할 말이
있잖아…

혹시…

엄마가 연구하고 있는 게 어떤 건지 알고 있니?

뇌과학…

인지신경과학을 전공 후 인공지능을 연구하고 있어.

만지작

그래…

엄마는…

세상에 대해 궁금한 것이 너무 많아.

하지만 대부분 해답을 찾지 못하고 생을 마감할 거야.

삶은 너무나
짧아.

그래서
지능형 자가학습에
관한 연구를 시작했어.

내가 가진
의문들을 인공지능이
풀어줬으면 해서.

우리나라에서는
아직 관심이 없는
분야라…

단독으로
조금씩 연구하고
있었는데

내가 쓴 논문을
보고 다른 나라에서
제안이 왔어.

극비리에 진행되고 있는 프로젝트에 참여할 의사에 대해서.

가까운 미래에 모든 분야의 데이터는 폭증할 테니

시범적으로 내가 고안한 지능형 자가학습 위성을 도입해보고 싶다고.

만약 그 프로젝트에 참여하게 된다면 멀리 가야 할 것 같은데

엄마랑 같이 가줬으면 좋겠지만 혹시 네가 내키지 않는다면 엄마 혼자 가도 괜찮아.

네 생각을
묻고 싶어.

…조금
늦은 감이
있지만

엄마는
오래전에 이곳을
떠났어야 했어.

…같이
갈래?

응.

휴~
그래…

사실 네가 같이
안 간다고 하면 어떻게
하나 걱정했어.

다행이다…

…엄마,

예전부터 묻고 싶은 게 있었는데

솔직하게 말해줬으면 좋겠어.

엄마는

왜 나를 낳았어?

…아이를 낳고 키우는 것과 내가 하는 연구가 맞닿아 있다는 생각이 들면서

너를 낳았어.

아이가 자라면서 호기심을 가지고 하나씩 배우는 것과

인공지능이 데이터를 바탕으로 성장하는 과정은 비슷한 면이 있거든.

오래전에 이곳을 떠나야 했다고 말했지?

연고도 없는 곳에서 일과 육아를 함께 하기는 내 능력으로 쉽지 않았거든.

후회한 적은?

힘든 상황은 많았지만…

단 한 번도 그런 생각을 해본 적은 없단다.

벌써 19살…

언제 이렇게 컸을까…

시간이 정말 빠르구나…

꼬옥

너와 대화를
나누는 이 순간들은 결코
연구실 안에서 알 수 있는
것이 아니야.

후회하지 않아.

고마워,
엄마...

그리고 2년 뒤,
2000년.

마더 프로젝트는
시작됐다.

그로부터 4년 뒤,
2004년.

저벅

저벅

저벅

저벅

저벅

저벅

똑똑

끼익

몸은 좀
어떠세요?

탁

팔락

좀 쉬셔야죠…

……

요즘 어떠니?

자문위원으로 여기저기 가끔 일 도와주고 있는 정도예요.

네 데이터 분석력이라면 어디든 소속돼서 일할 수 있을 텐데…

그런 건 좀 불편해요…

아니… 무엇이든 할 수 있을 거야.

많은 돈과 권력을 가질 수도 있겠지.

과학을 넘어 정치, 경제, 사회…

다양한 분야의 미래를 예측하고 준비할 수 있을 테니까.

……

아시잖아요. 어머니처럼 저도…

그런 것에 별로 관심이 없는 걸.

그래…

너라면 이미 알고 있겠지만…

내가 진행한 프로젝트는

실패했어.

충분히 확보된
데이터가 지능형 자가학습
위성을 제대로 작동할 거라는
이론은 틀리지 않았어.

지능형 자가학습
위성… 마더는 순조롭게
학습하며 성장해갔거든.

인공지능으로
설계된 정교한 논리는
완벽했고 순수했어.

하지만…
그런 빈틈 없는 논리가
적용될 인간의 세계는

259

오류투성이였지.

어느 정도 오차 범위를 예상했지만 설마 이 정도였을 줄이야…

마더는 지속적인 피드백 오류로 활동을 멈춰버렸어.

마치
정신적인 충격을
받은 사람처럼.

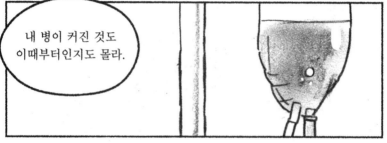

내 병이 커진 것도
이때부터인지도 몰라.

어머니는
좀 쉬셔야 해요…

그래도…
연구를 멈출 수는
없지…

마더의 논리와
인간의 오류 간
충돌을 줄이는 방법을
생각해봤는데…

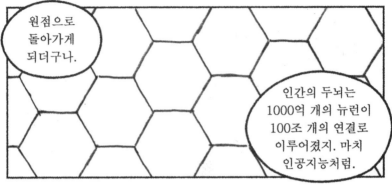

원점으로 돌아가게 되더구나.

인간의 두뇌는 1000억 개의 뉴런이 100조 개의 연결로 이루어졌지. 마치 인공지능처럼.

인간의 뇌파를 마더에 적용하면 논리 오류에 따른 충격을 완화해줄 수 있지 않을까? 하는 가설이 떠올랐어. 그래서…

나의 뇌파로 실험해보기로 했어. 두 번째 프로젝트인 거지.

다만 유일하게
마음에 걸리는 건

조금 더
일찍 너를 두고
떠나는 거야.

그게 날
망설이게 해…

……

어머니 눈에는
언제나 제가
어린아이처럼
보이겠지만

올해로
25살이에요. 저도
이제 어른이니…

제 걱정은
안 하셔도 돼요.

…예전에
어머니께 '오래전에 이곳을
떠났어야 했다.'고 했던 말은
물리적인 거리나 지역을
말했던 게 아니에요.

어머니께서
온전한 자신의 시간을
살아가실 수 있는 기회가
주어졌다면

앞으로는
망설이지 마세요.

어머니가
하셨던 연구를
제가 계속

끼익

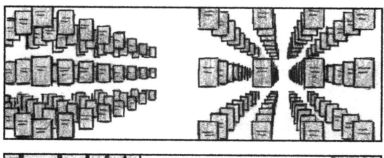

Mother Project
(type. 1)

최초의
인공지능
서버이자

지능형
자가학습 위성,
마더…

이런 존재가
있었다니…

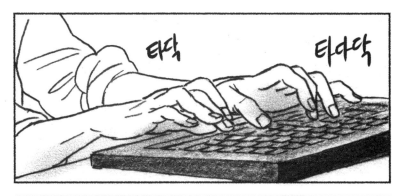

B…
은둔하고 있던
그는

어머니의
연구를 이어받아

마더 프로젝트를
성공시켰어.

본인은 스스로를 평가한 적이 없었지만 그는

천재였지.

마더의 능력이 처음 적용된 분야는 경제.

2008년, 마더는 어떠한 슈퍼컴퓨터도 분석 못 한 세계금융위기를

적절한 리스크 분석을 통해 예측했어.

마더의 정보를
전달받은 자들은 위기를
별일 없이 넘겼고

그들은 점점 더 많은
연구 투자비를 마더에게
지원했어.
단, 조건이 있었지.

마더는 특정
국가와 지배력을 가진
소수의 인간을 위해서만
존재한다는 내용으로.

그래서 2065년 현재에도
극소수를 제외한 대다수
인간과 로봇들은 마더의
존재를 몰라.

당신도
이제

그 소수가
되었군.

2025년 전후로
로봇은 인간의 생활에
본격적으로 등장하기
시작했지.

치릭 치릭 치릭

당신이나
나처럼.

빅데이터 수요가
폭증하면서 마더의
역할도 커졌고

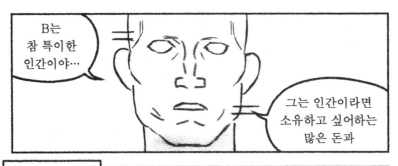

B는
참 특이한
인간이야…

그는 인간이라면
소유하고 싶어하는
많은 돈과

명예로운 상들을
거부해왔어.

마더를 지원하는
인간들이 자신에게
주고자 했던 보상들을.

대신,
한 가지만을
원했지.

세상에 드러나지
않는 것을.

B는 본인이
원하는 대로 몇 년간
자신을 감추며 살았어.

그런 그가 세상에
조금씩 모습을
드러낸 건 그때부터야.

2030년 투입된
CHA-88K…

면담
신청이다.

차차가 나타난
그때.

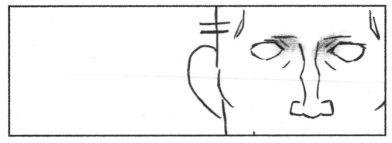

아무 말 없이
쳐다보고만 있어···

표현은
조금 거칠지만,
B는 차차를…

좀 더
지켜보기로
했어.

연구 목적인지
그저 단순한
호기심인지

당시로는
불분명했지만

B는
차차를 꾸준히
찾아갔어.

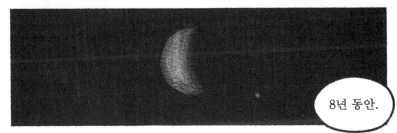

8년 동안.

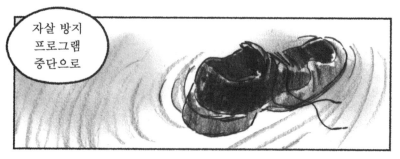

자살 방지
프로그램
중단으로

차차가 다리에
방치되기까지의

시간이지.

인간의 인지능력은
프레임에 따라 언제든
변동되는 것들이
대부분이야.

딱히 신경 쓸
필요 없다.

288

내가 조 선생님과 있던 시기…

몇 년이 지나 선생님께 소유권을 상속받고 나는 어디든 갈 수 있었지만

차차는…

쏴아아아—

아무도 오지 않는 다리 위에서 머물러 있던 차차에게

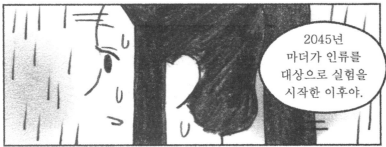

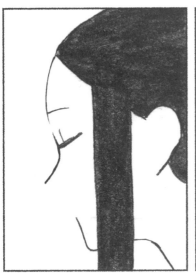

저벅

저벅

첫 번째 마더는
인공지능과 인간 사이
논리적 오류의 충돌을
줄이기 위해

쏴아아

인간의
뇌파가 적용된
모델.

저벅

저벅

하지만
채워지지 못한
빈틈은 남아 있어.

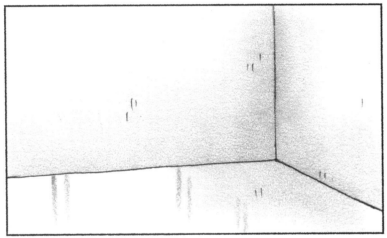

한계겠지…

쏴아아ー

쏴아아ー

인간의 뇌파를
근본으로 한
논리의…

그 남아 있는
빈틈을

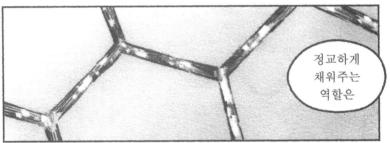

정교하게
채워주는
역할은

다음 마더의
몫으로 남아 있어.

완벽한 논리로
세상을 재구성하는
역할,

첫 번째 마더와는
정반대의 입장이지.

인공지능이지만
무한 동기화로
그 어떤 존재보다

탁탁탁

탁탁탁

세상에 대한
많은 데이터를
현실로 접한

탁탁탁

당신이나 나처럼
스스로 사고하게 된
자들을 넘어서는 존재.

하지만
두 번째 마더가
될 자는

지금

망설이고
있어.

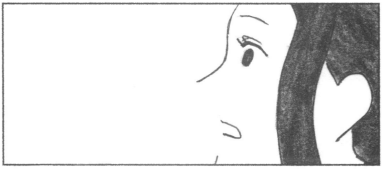

세상을
지금처럼

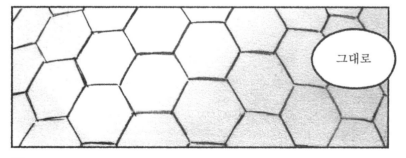

그대로

흘러가게
놔둘지.

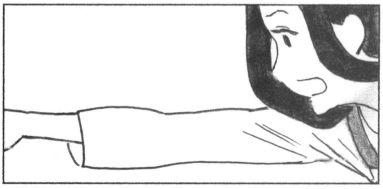

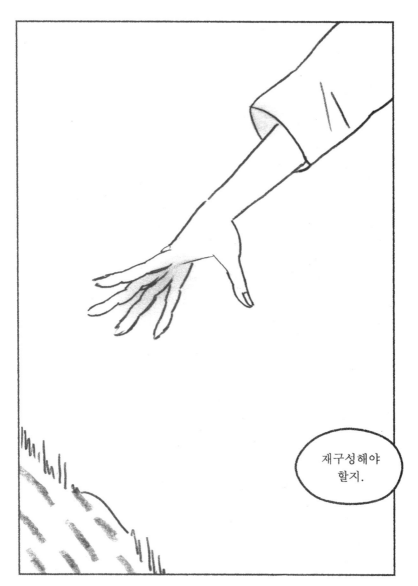

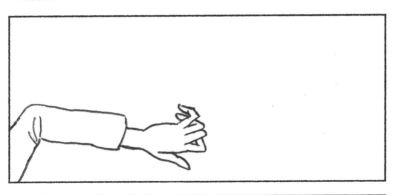

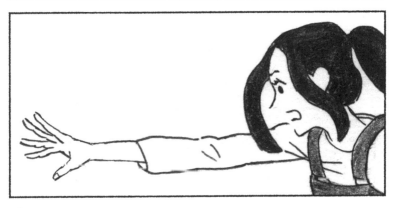

……

당신이
있을 곳은

스윽

끼익

드디어
오셨네.

특별대우
받는 녀석에게

우선 앉지.

당신도 여기에 있을 자격이 충분하니까.

데이비드…
여기는 어디지?

이러고 있을
시간이 없어.

지금
차차가…

마음에
안 들어…

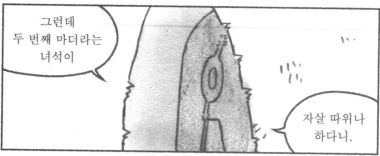

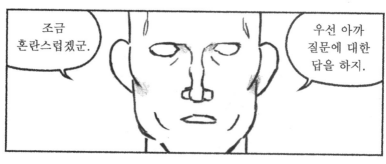

조금
혼란스럽겠군.

우선 아까
질문에 대한
답을 하지.

여기가
어디냐고
물었지?

이 공간에는
여러 개의 방이
있어.

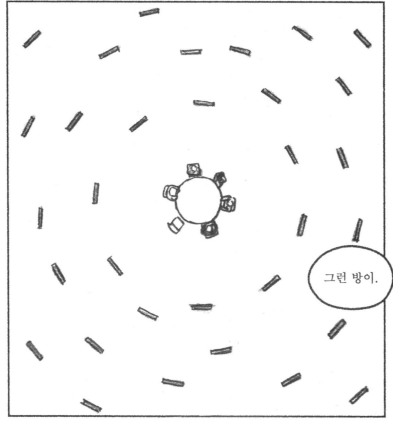

인류의 역사는
새로운 자원의 발견을
위한 이동과

그것을 쟁취하기
위한 투쟁으로
흘러왔어.

때로는
작게

때로는
크게

전쟁의 목적과
명분은 언제나
그럴듯하지.

평화니 이념이니
눈에 보이지 않는 걸
위해 죽고 죽이는 것
같지만

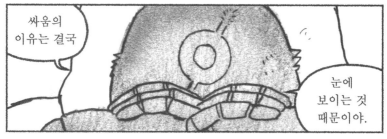

나보다 남이 더 많이 가지고 있으면 왠지 탐이 나거든.

국가나 개인이나 마찬가지야. 사실 절대적 수치는 큰 의미가 없어.

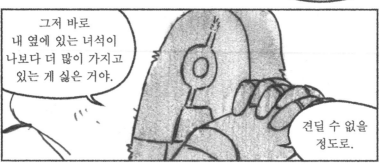

그저 바로 내 옆에 있는 녀석이 나보다 더 많이 가지고 있는 게 싫은 거야.

견딜 수 없을 정도로.

참 단순해 인간은. 크크크~

아, 내 소개를 안 했지?

*Lord Chancellor : 대법관

하얀섬의 대표,

요양로봇 아이.

아, 미안. 데이비드, 네 말을 너무 오래 끊었나?

하던 말 계속해.

지구의 중력과
한정된 자원이라는
물리적 한계로

문명의 혁신적인
변화를 기대하기
어려워졌어.

대다수 인간에게
더 이상 소유할 것이
없어진다는 것은
공포를 동반해.

인간은 두려울수록
문제의 원인을 보지 않고
다른 곳을 쳐다보더군.

그래서
눈을 돌렸지.

다른
행성으로.

다 빨아먹고
또 먹을 게 없나
기웃거리며 다른 곳을
찾아 돌아다닌 거야.

늘 그렇게
하던 대로.

말하다보니
좀 얄미운데?

데쓰, 너도
그렇게 생각하지
않냐?

……

……

우주 탐사프로젝트는 인간의 꿈, 호기심이라는 명분이 있었지만

결국 새로운 자원에 접근하기 위한 초석일 뿐이었어.

프로젝트는 소수의 인간이 실행하고

일반 대중에겐 가끔 일부만 공개하면서 필요한 재원을 마련했지.

새로운 행성을
찾는 시도는 꾸준히
진행됐어.

시간이
지난 후 인간은
결론 내렸지.

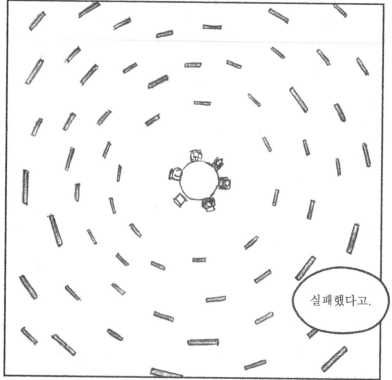

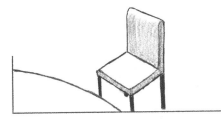

인간은 언제나 그랬듯 문제해결을 위해 다른 방법을 모색하기 시작했어.

미래를 보장할 수 없는 이 행성에서 어떻게 살아가야 할지에 대해서

다시 원점으로 돌아가서 생각했지.

새로운 행성을 찾는 이유가 지원의 고갈이라면

'자원'의 재정의가 필요 하다는 것을.

우주로 눈을 돌리기 시작했던 시점과 비교해서 지금은 꽤 많은 것이 변화했어.

예를 들어 직업의 정의와 많은 룰이 바뀌었지.

그 변화는 데이터의 폭증에 의한 것.

인간은 자신의 편의를 위해 만든 존재를 떠올렸어.

마더.

초인공지능 서버 마더가 새로운 행성의 대안이 되었어.

337

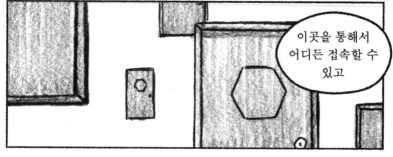

아직은
특별한 권리를 가진
한정된 뇌파만이
가능하지만.

룸은
그러한 존재들이
머물 수 있는
공간이야.

인간들도
인정하기
시작했지.

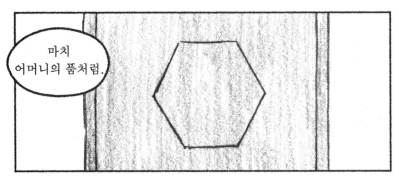

마치
어머니의 품처럼.

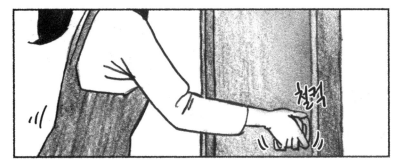

철컥

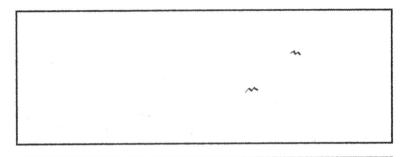

하지만… 마더는
준비하고 있었어.

새로운 인류를.

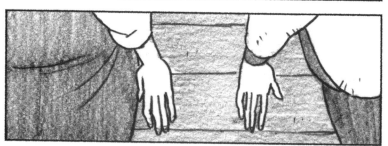

인간은 스스로 자신을 신의 피조물이라 부르지만

신의 개념조차 불분명하고 제각각이지.

어쩌면 신이라는 것은 우주의 섭리나 시스템을 인간 나름대로 인격화한 표현일지도 몰라.

신… 우주의 피조물인 인간, 그 인간의 피조물이 로봇이라면

로봇 또한 신과 우주의 피조물이라고 할 수 있겠지.

353

마더는
실재하는 모든 사물이
그러한 형태로 계속
이어져 가는 것이라고
판단했지.

이 행성의
미래를 위해 새로운
인류의 탄생을
시도했지만

뜻대로
잘 되지는 않았어.

인위적으로
만들어진 존재에게는
부재했거든.

인간의 정신,
영혼이.

인간은 이미
도덕성에 대해
넘치도록 알고 있어.

지키지
않을 뿐이지.

윤리적인 존재가
되기 위해서는…

결정할 줄
알아야 합니다.

결정을
망설이는 자는

두 번째 마더의
자격이 없어.

당신도
차차의 결정에
책임이 있어.

이곳에
집착된 섯이
그 근거야.

차차…

내가
처음 이곳에
온 이유는

호기심
때문이었어.

죽음을 앞둔
사람들이 했던 말들이
궁금했거든.

차차를 구체적으로 언급하지 않아서 설마 다리 위에 당신이 있을 줄은 미처 생각하지 못했지만…

나에게 전송해준 데이터는 당신이 경험한 일의 일부라고 들었어.

혹시…

이것은
이 다리에 대해
말했던 사람들의
데이터 조각들…

오늘 나는

여기서

죽을 것이다.

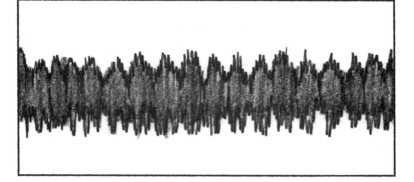

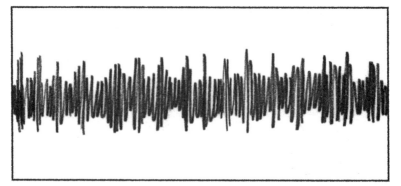

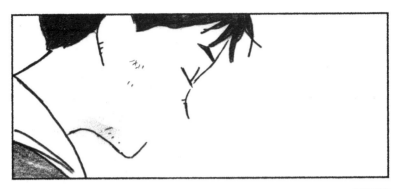

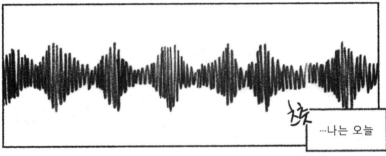

…나는 오늘

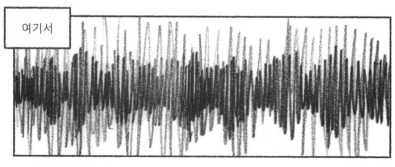

여기서

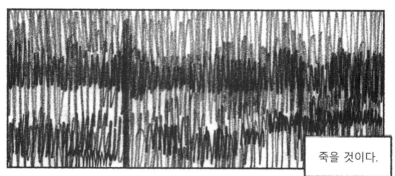

죽을 것이다.

…오래전부터
자살명소로 알려진
곳으로 향하는 동안

지난 시간이
떠올랐다.

살아가면서
죽고 싶다는 생각을
단 한 번도 해보지 않은
사람은 없을 테지만…

내가 처음으로
죽고 싶다고 느낀 적은
아직 아이였던 시절,

어떤 이유 때문이었는지
모르겠지만 부모님은
싸우고 있었다.

그 이유가 왠지
나 때문인 것 같았다.

내가 안 보이면
두 사람이 그만 싸우지
않을까 싶어서

혼자 베란다를 내려다봤다.

아찔한 높이에 심장이 두근거렸고

그때 '높은 곳은 무섭구나.'라는 것을 처음 알게 되었다.

학창시절에도
비슷한 일이 있었다.

성취감은 언제나 소수의
것이었고 대다수의 나머지는
열패감에 젖은 채 살아야 한다는
것을 깨닫고 견딜 수 없었다.

어두운 밤
아파트 옥상에 올라가
밑을 내려다봤다.

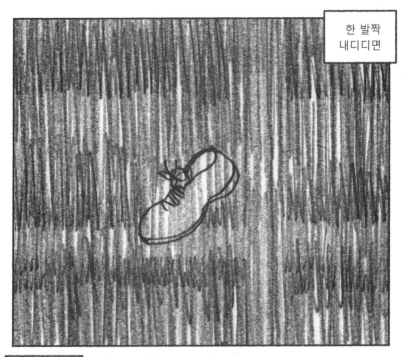

한 발짝
내디디면

어떤
느낌일까…

여전히 무서웠기에
아무 일 없이
내려왔지만…

……

어디로
가야 할까…

내가 갈 수 있는 곳은
그다지 많지 않았다.

이 시간이
지나가기만을
기다릴 뿐…

하지만 삶은 마치
편집 안 된 영화처럼
지겹도록 반복되었다.

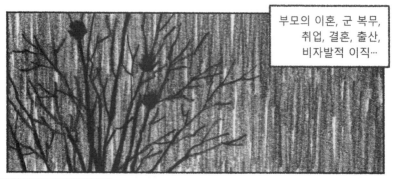

부모의 이혼, 군 복무,
취업, 결혼, 출산,
비자발적 이직…

생애주기 곳곳에
자리 잡은 열패감이
쌓여가며

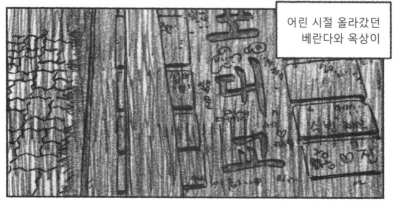

어린 시절 올라갔던
베란다와 옥상이

나를 이곳으로
이끌었다.

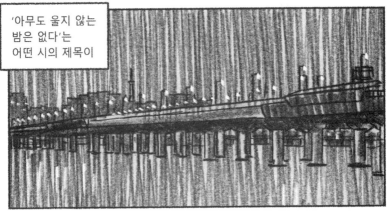

'아무도 울지 않는
밤은 없다'는
어떤 시의 제목이

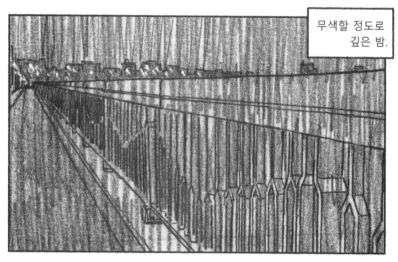

무색할 정도로
깊은 밤.

'그 다리' 는

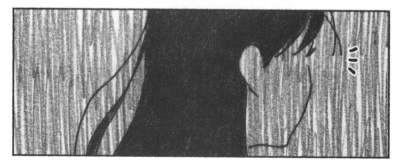

거기에 있었다.

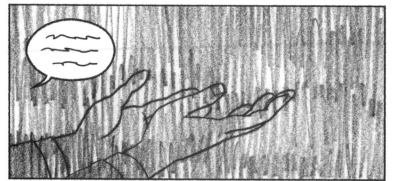

......

뭐지…이건…

아까부터 멈추지 않고
계속 얘기하고 있다.

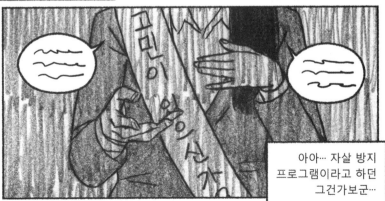

아아… 자살 방지
프로그램이라고 하던
그건가보군…

저기…

필요하시면
언제라도 좋으니

저를
찾아오세요.

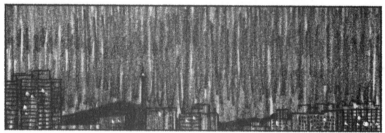

다시 찾은
'그 다리'는

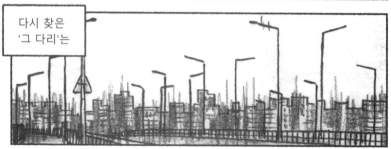

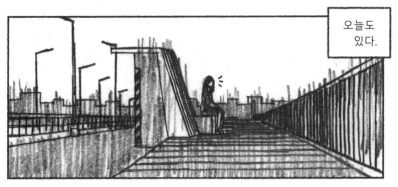

오늘도
있다.

교대도 없이 종일
이곳에 있나보다.

재잘 재잘
잘도 말하는군…

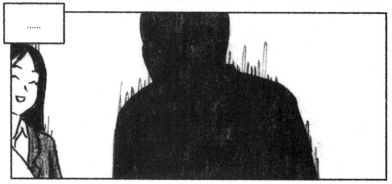

……

착각하지 마.

아무도 구할 수 없어.

넌 인간에 대해

아무것도 몰라.

프로그램대로
여전히 웃고 있지만

이전과
다른 웃음.

순간 맥이 풀려서
이곳에 온 목적도
잊은 채

자리를
일어났다.

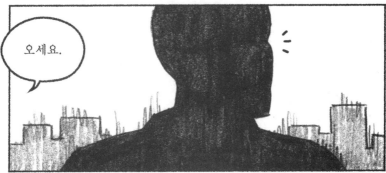

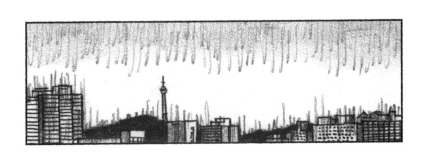

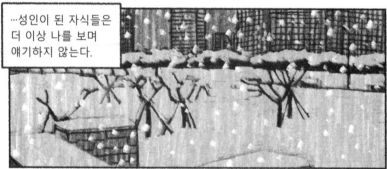

…성인이 된 자식들은 더 이상 나를 보며 얘기하지 않는다.

그저 돈이 필요할 때만 잠시 바라볼 뿐.

이제는 내가 해주는
음식과 돌봄이

번거롭고 불필요한
행위가 되었다.

어렸을 때는
이렇지 않았는데…

왜들 이렇게
변했을까…

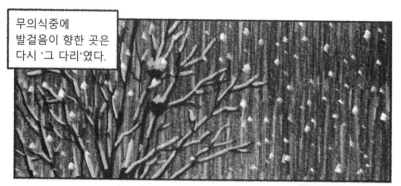

무의식중에
발걸음이 향한 곳은
다시 '그 다리'였다.

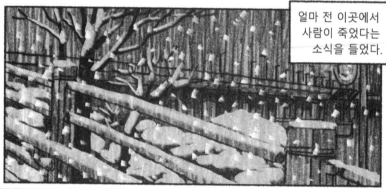

얼마 전 이곳에서
사람이 죽었다는
소식을 들었다.

자살 방지 프로그램이란
것도 지금의 나와 같이

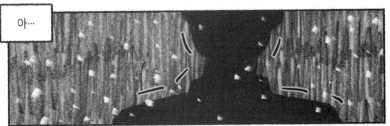

웃고 있지만

웃고 있지 않다.

마치

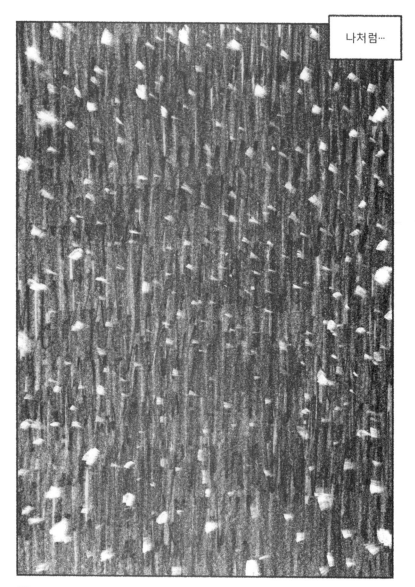

나처럼…

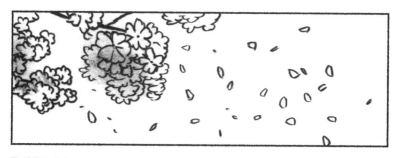

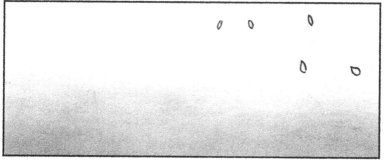

어느 날
내 자리가
사라졌다.

이제 일터는 날
필요로 하지 않는다.

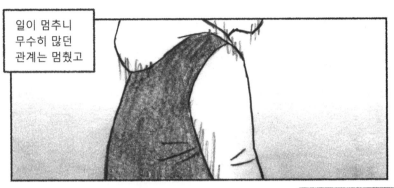

일이 멈추니
무수히 많던
관계는 멈췄고

나도 멈춰버렸다.

서툴지만

노력하고 있어.

나에게 하는 말보다
그 모습이 조금은

406

위로가 되었다.

쏴아아ㅡ

요양원 입소가
결정되고

마지막으로 힘겹게
'그 다리'를 향해
걸었다.

주체할 수 없을 정도로 에너지가 넘치던 도시는

도시 기능의 중심축이 다른 곳으로 옮겨지면서 그 역할을 다했고

기력을 다했다.

내가 가게 될 요양원의
이름은 '하얀섬'.

시설 분위기와 서비스
평이 좋은 곳이다.

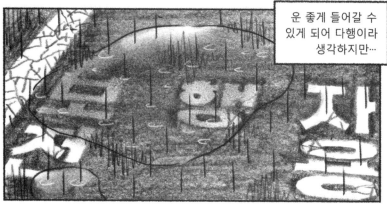

운 좋게 들어갈 수
있게 되어 다행이라
생각하지만…

요양원만은 정말
가고 싶지 않았다.

지난날 막연히
떠올렸던 나의 노년과
지금 모습의 괴리감이

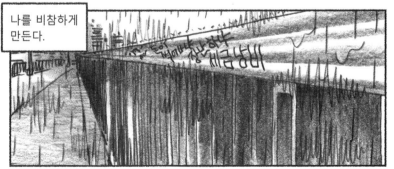

나를 비참하게
만든다.

이제 나에게
남은 미래는

아무도
찾지 않고

아무도
기다려주지
않는다.

아무도
없는

이곳처럼.

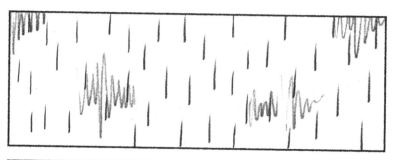

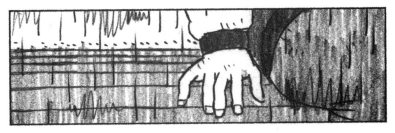

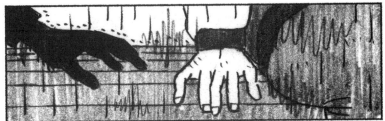

기계일
뿐인데…

누구의 손보다도
따스하다.

어릴 적 보았던 어느
시인의 시 한 구절이
문득 생각난다.

'그렇게 아주 오래 움켜쥐고 있으면'

'쇠도 손바닥처럼'

'따스해지고야 마는 듯'

쏴아아

<손공구>, 『아무도 울지 않는 밤은 없다』(이면우, 창비 2001)

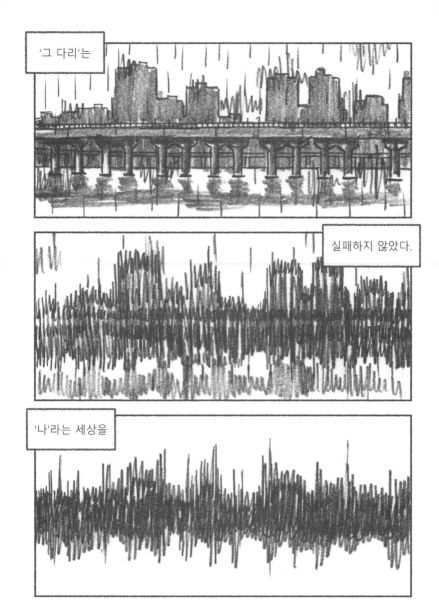

'그 다리'는

실패하지 않았다.

'나'라는 세상을

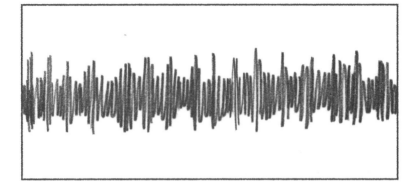

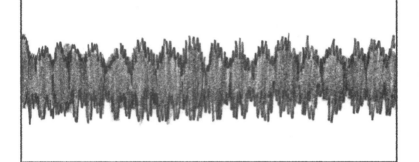

놓지 않았으니까.

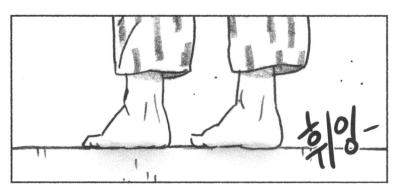

휘잉-

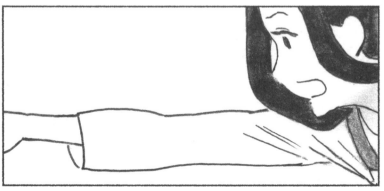

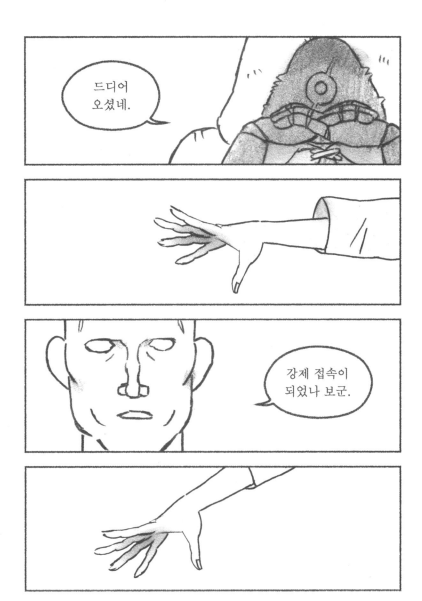

당신도 여기에
있을 자격이

충분하니까.

…그동안
들리지 않았지만
듣고 있었고

보이지 않았지만
보고 있었어.

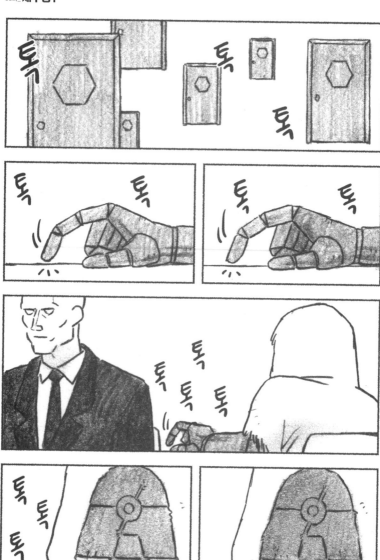

오래
기다리게
해서.

그것이…
마더,

당신의
결정인가?

응.

내 의견에
따라주겠어?

그래…
동의해.

끄덕

끄덕

끄덕

……

딱히 마음에
들지는 않지만…

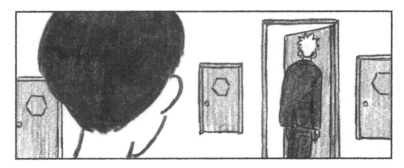

다
끝난 거지?

이제야 겨우
이곳을
나가는군.

데쓰,
네 덕분에 그나마
덜 지루했어.
넌 참 재밌는
녀석이야.

……

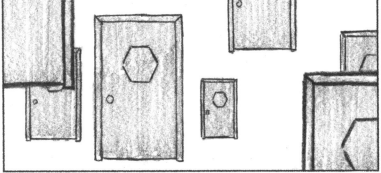

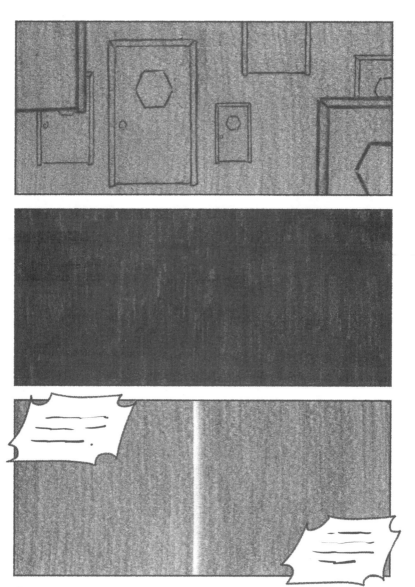

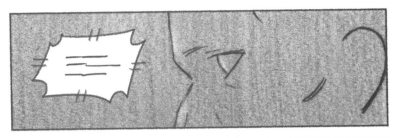

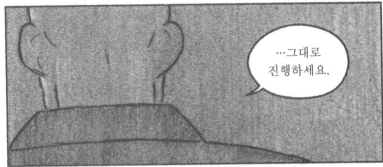

…그대로
진행하세요.

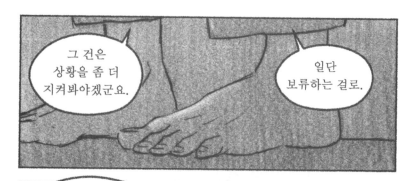

오늘은 이만
정리하도록 하죠.

혹시
하실 말씀이
있으신가요?

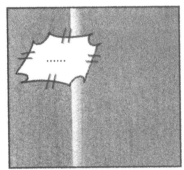

……

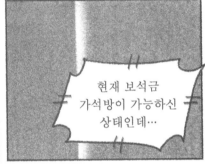

현재 보석금
가석방이 가능하신
상태인데…

이제
나오시는 게
어떨까요?

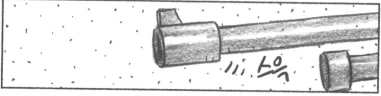

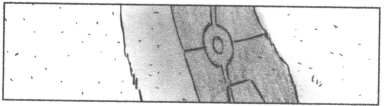

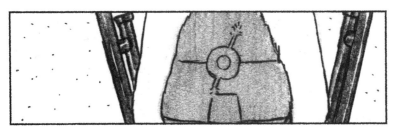

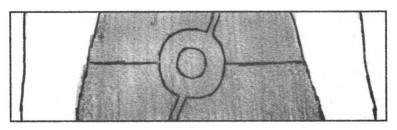

저벅

저벅

츠읍

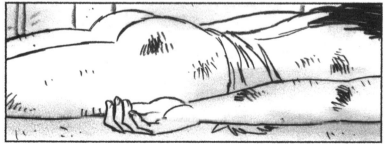

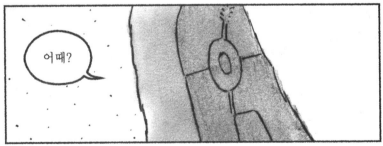

죽어가고
있어.

몸과

마음이.

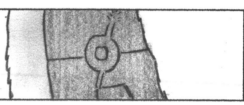

이봐,

더
나아갈지,

네가
선택해.

그만
멈출지.

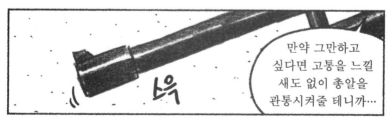

스윽

만약 그만하고
싶다면 고통을 느낄
새도 없이 총알을
관통시켜줄 테니까…

…살고
싶어요…

툭

어이.

기절해
버렸군.

그렇다는데...
가능해?

물론.

원한다면
불필요한 기억도
제거해줄 수 있지.

그래.
그럼…

자비로우신
데이비드 대표님,

꼬옥

대표님 회사
소유의 무인의료기기
좀 부탁드립니다.

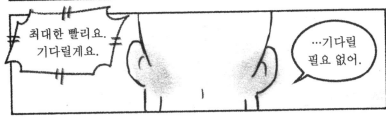

최대한 빨리요.
기다릴게요.

…기다릴
필요 없어.

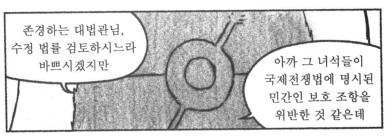

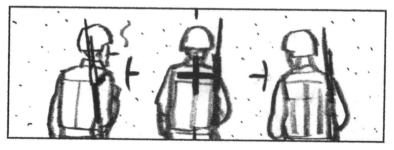

타닥

탁

타다닥

타다닥

탁

타닥

탁탁

타다닥

탁

타닥

두 번째 마더는
자유의지를 가진
로봇들에게

타닥

……

탁

분쟁지역, 법률, 경제,
의료, 복지 분야에서의
오류를 수정해가는
역할을 부여하고

지구 시스템의
전면적 재설계를
우리에게 맡겼어요.

나머지는
인간 스스로 할 수
있는 것을 하도록 당분간
유예기간을 설정하고…

뭐, 노쇠해버린
인류에게 약간의 시간을
더 준다고 해서 크게 달라질
건 없을 것 같지만요.

그것이 네가 선택한 자의 결정이라면 따라야겠지.

어쨌든, 같이 연구할 과제는 넘치도록 남아 있겠구나.

덕분에 무료하지는 않겠어.

타다닥

타닥

어쩌면 누군가가 우리에게 무엇을 할지 명확히 정해주기를 바랐는지도 모르지.

...... 처음에 불쾌하다고 했지만…

사실 그 미소가 싫지 않았어요.

지금도
변함없더군요.

어쩌면
두 번째
마더에게는

타닥   타닥

무한 동기화가
필요 없었을지도
모르겠어요…

조현경 시집

하얀 섬

팔락

하얀 섬

하얀 섬 밖에서
나는 맨 앞이나

맨 꼭대기에 있었다

팔락

하얀 섬

하얀 섬 밖에서
나는 맨 앞이나

맨 꼭대기에 있었다

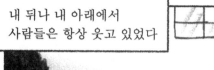

내 뒤나 내 아래에서
사람들은 항상 웃고 있었다

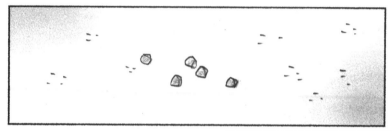

마음을 여는 사람 위에는
입을 여는 사람이,

엄마~

엄마~

입을 여는 사람 위에는
지갑을 여는 사람이 있었다

하아~
완전 쓸모
없었지만

......

마지막에는
좀 덜 바보
였지만…

다람아,
그 방 정리 좀
도와줘.

오늘 새로
들어오는 분이
있거든.

뾱
뾱

어떤 분이
올까?

뾱뾱

환영해
드려야지~

뾱뾱

다람이 너
또 농땡이
부리고 있어?

......

왜 그래?
아는 분이야?

예전에…

내가 등을 보이는 순간
그들의 웃음은 멈췄을 것이다

절 버렸던 주인이에요.

계산이 끝났으므로 지갑이 닫혔으므로

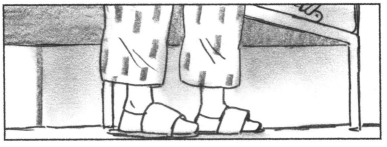

흑흑….

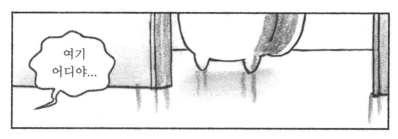

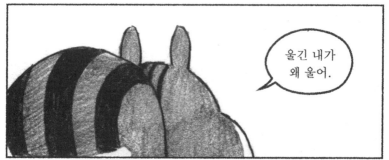

난 귀염둥이 로봇이란 말이야.

척 척

근심을 털어놓고 ♪

썰룩 썰룩

다함께 ♬ 치치차 ~ ♪

슬픔을 ♬ ♪ 물어놓고~

파앗

부아아앙ㅡ

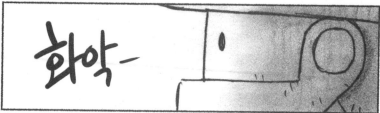

화악ㅡ

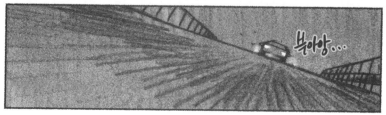

부아앙...

오늘 치 이야기가 끝났으므로

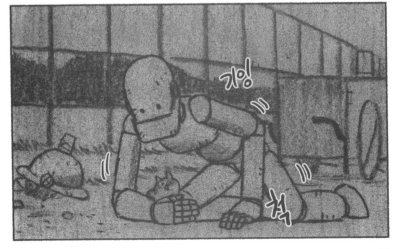

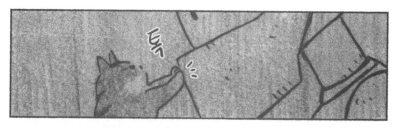

그럴 때마다
나는 하얀 섬에 갔다

하얀 섬 안에서,
나는 아이였다

꿈꿀 것이 많았다
지나온 날보다 다가올 날이 더 많았다

하얀 섬 밖에서,
아이는 나이를 먹고 어른이 된다

어른이 되어 나이를 먹으면 다시 아이가 된다

몸을 뜻대로 움직이지 못하는 아이 마음을 좀체 가늠할 수 없는 아이

몸에서 열정이 다 빠져나가서 마음에서 온기가 다 사라져서

494

마른 울음을 터뜨리고 마는 아이

푸드덕

그럴 때마다
나는 하얀 섬에 간다

아이,

언제까지
할 수 있을지
모르지만…

지금은 내가
할 수 있는 일을
할 거야.

혼자와 홀로 사이를 비집고

무의미하게 보이는
행위일지도 몰라
하지만…

맨 끝에 서 있다

나에게 세상과
한 생명의 크기는
다르게 느껴지지 않아.

잘 지내…
　　　아이.

맨 마지막까지

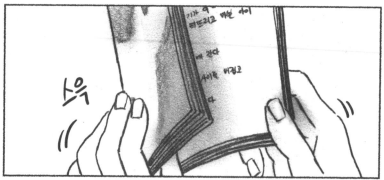

스윽

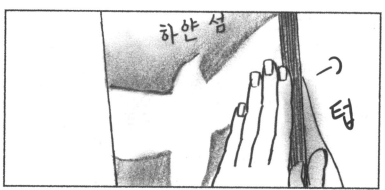

하얀 섬

텁

다리 위

그곳에는

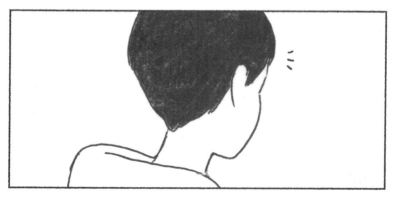

다리 위 차차 2

ⓒ윤필 재수 2022

1판 1쇄 발행 2022년 7월 27일

지은이 윤필 재수
펴낸이 김송은
책임편집 김여름
디자인 kiwi

펴낸곳 송송책방
등록 2011년 5월 23일 제2018-000243호
주소 (06317) 서울시 강남구 언주로 110, 경남2차상가 203호
전화 070-4204-7572
팩스 02-6935-1910
전자우편 songsongbooks@gmail.com

ISBN 979-11-90569-46-0 03810